黄花溪的窗帘

傅明 —— 著

文汇出版社

目 录

第三辑 / 草原上的越野车

第四辑 / 诗歌万花筒

第五辑 / 情人和死神

第六辑 / 诗与论

序

杨绣丽

认识傅明大约在 25 年前，那时傅明还是个 30 岁出头的青年。当时，我对诗歌圈还一无所知，他已经是城市诗社的骨干力量了。

城市诗社是我们上海的老牌诗社，培养了一批上海诗坛的优秀诗人。傅明当时很活跃，写了很多诗歌，在城市诗社的杂志上发表，我还拜读过他第一本诗集《神弓》。

"神弓猛地张大／向乌黑的银河／向满是星星的银河／射出万支绿色神箭／像几万条绿色的巨龙／飞向星空／只见万颗银珠／向大地撒去／嵌入我的心里"。这是傅明《神弓》中的句子，短小精悍，寓意丰富，颇有些现代手法。那时候青春的气势就如同万支绿色神箭，如同万颗银珠，投向生命，投向未来的银河。而岁月倏忽远去，拉弓的手已变得悠缓、从容。诗歌之箭射中记忆的靶心，让你走不出那一环又一环涟漪般的圆……

20 多年过去了，我再一次走进了傅明的诗歌世界，我没有见到那意气风发的弓箭之神，我却缓缓地拉开一幅名字叫"黄花溪"的窗帘……

这幅窗帘让我感到好奇，我思忖，这本集子为什么选用这个名字？这首诗写的是什么？当我找到第一辑中的《黄花溪的窗帘》时，仔细读了下，才似乎品出些原因来了。

这首诗是这样的："黄花溪的瀑布／从断崖上流淌下来／齐天大圣的水帘洞形成了／无数的大大小小的洞／从里往外观望／像一扇扇窗棂／流水变成了窗帘／外面观看是瀑布／里边瞭望是透明的布／我们看不见神仙／神仙看得见我们"。诗不长，比较短，和傅明其他诗歌的风格一致，基本不超过20行。

黄花溪我没有去过，我只知道黄花溪在山东青州，是一个被誉为北方九寨沟的山水仙境，也是齐鲁地区最美的幽谷之一。在这样连绵不断的瀑布和静谧的山谷中，傅明找到了神仙似的诗意。水帘洞变成了窗棂，流水变成了窗帘，"我们看不见神仙／神仙看得见我们"。原来，在这自然的美景中，清泉汩汩、水流潺潺，诗人和神仙相遇了！

我们一直说，唐代诗人李白是位诗仙。诗仙李白遨游在山水中间，写了很多仙气飘逸的诗。自古以来，诗人游历于大自然之中，喜欢用诗歌来咏怀自己和大自然的关系，傅明也同样如此。这本诗集，以《黄花溪的窗帘》为书名，主打一派山水自然。诗集一共六个专辑，其中三个专辑都是写这个主题。据了解，诗人每年夏天，会远离市区，去北方避暑，颇有一份陶渊明式的悠闲和自在。

傅明周游各地，寄情山水。他写出齐鲁大地的苍松云烟、雄浑明丽，也写出江南风景的水灵文秀、雅致清逸；他写出黄河之水的澎湃逶迤，也写出青海湖的碧蓝纯净；写出草原上的越野洒脱，也写出灵山小镇的空寂禅意……唐朝诗人韦应物有诗云："一与清景遇，每忆平生欢"，又有诗云："喜随众草长，得与幽人言"，交错的沟涧、清澈的溪流以及纯净的空间，诗人在大自然中洗礼，心境怡然开阔，诗意飘然纷呈。其中的气象、气韵，通过意象、意境，自然地渗透和生发出来。这些诗句，有的看似平淡，但是内容却很丰富，有的还具有浓郁的玄学意味。诗人的笔调或从容、或细致、或抒情、或内敛、或返璞归真、或谈古论今，把内心深处的宁静与欢喜，细微与恢宏诉诸笔端。从傅明的诗中所反映的山水风景，已经成为审美主体心灵的全面自由。他在构建现代意识的同时，把对自由和美的追求，融化在一丘一壑、一草一木之中，对读者的灵魂起到了绿化滋润的作用。

除开前面三辑诗歌，傅明还写了一辑"诗歌万花筒"。这个专辑主题很有意思，"诗歌万花筒"显得童心绚烂，其实是情深笃厚。第四辑"诗歌万花筒"中，有写母子情深，写对母亲的依恋《落叶》："风，呼呼吹／我家门口的树／快落下母亲的叶子／让最后的子女有点慌张／想用身体挡一下／她微笑地抚摸着／让一让／我先走了／或许还有缘／在冬雪过后／我信步走来"。这样的句子，朴素、真切，读来令人动容。他写怀念诗友《诗人黄晓华》："黄果树旅游／黄晓华独来独往／晚餐他喝着酒／把夜赶得越来越黑／我留下来／等饭客消失了／才跟他一起回酒店／摇摇晃晃／把树叶震落一大片／童话一般的声音／把一条街带活了／夜更深了／他才慢慢移动／我扶着他／好像世界减速了／可惜／他还是走了／在另一个世界里／写他的诗、喝他的酒"。诗人黄晓华是我们共同的朋友，他猝然离世，让大家很悲痛，傅明把这种悲痛化到了诗里，他让黄晓华留在了他的诗里，活在记忆的童话中，活在怀念的世界里。

在"诗歌万花筒"中，傅明还写出了他生活的变迁，《美兰湖是我最后的落脚地》："波光浩淼的美兰湖／让我终于有了一间房"。从"兵营式"的民房，到泥泞的工地，到梦中的花园洋房，他在北欧风情的小镇居住下来，诗成为记录时代的见证。著名诗歌评论家谢冕先生曾经说过："我们面对的是一个新的时代，面对新的时代我们要把最具有当代精神的诗表达出来，把当代的现象写到诗句中来，这个时代可以说是复杂的、艰苦的、艰难的，但我们要通过诗句记录下来，让后面的人都能读到我们的记忆。"傅明的这些诗歌尽管比较精短，语言也很朴素，但正是这种真实和朴素会打动你。我们可以从这些诗歌中，也能同时看到自己生活变迁的影子。《梯》这首诗歌，他从"五十年代居住的小东门，八个平方的小阁楼"写到了"一〇年代，三室二厅，上海顾村的家"，从"狭窄的楼梯，像爬最高的塔"，到"楼梯在风景里，我站在电梯里，让每个人都成了宅男宅女"。生活条件的改善，也同时带来人们情感关系的变化。时代的洪流滚滚向前，诗人不一定要去写宏阔的题材，如果把那些个人的"小我"镜头里所看到的事物表现出来，也能留住时代的真实，和这个时代同频共振。

在第六辑"诗与论"中，我们可以了解到，傅明的诗歌创作已经跨越四十年，这四十年里，他断断续续写了一千多首诗歌。他对自己的诗歌创作有个比较清醒的认识和梳理，他说他的创作阶段有初潮期、口语期、进步期、提高期。在创作的同时，他也一直从事民间文艺报刊的创办，他创办过《彩虹报》《中国跨世纪文学报》、上海海派诗人社等，还策划举办过"中国现代诗现状和发展趋势"等论坛以及各种诗歌活动。他是个认真和热情的人，愿意在诗歌的事业中投入他的热爱和心血。

这样的坚持和精神，是让我们所钦佩的。诗人傅明，带着他的理想，潜泳在这纷繁的城市里，飞越土地，飞向诗的星空……

是为序。

（作者系上海作协创联室副主任、上海诗词学会副会长、
上海作协诗歌委员会副主任、作家、诗人）

第一辑

黄花溪的窗帘

月牙泉

隐隐约约的楼阁与庙宇
上旬钩月弯弯的月牙儿
难道是沙漠里的海市蜃楼

你蓝汪汪的眼睛
一波又一波
传递着柔情

让多少戈壁滩上的小伙子
向你走来

你的周围既有一片芦苇
又有几棵难得的杨柳树

只要鸣沙山月牙泉存在
我们一样和你一起坚守

你的毅力、你的眼神
都是我们的力量

几千里过来的游客

让你与金色的沙子共存

坚定了自己的理想

2023 年 4 月 21 日

孙膑书院

九仙山的瀑布
不仅是垂流直下的水
更是一段历史文化的激浪

五十五级石阶
让平台上的孙膑书院
以及他的塑像独霸风景

隐居著书和我们时代
虽遥远但又很近
每一次成功都有隐的功劳

山水有了伟人更美丽
人间有了圣人更美好

风景再美
不如画卷里故事

有人、水、石
才会有多少动人的传奇

2022 年 7 月 29 日

月亮湾的月亮

月亮湾依着山
注视淼淼柔情的太湖

假月亮的蓝色灯光
用童话般的语言
述说着一段传奇故事

荒芜的太湖南岸渔村
一步步成为湖州的明珠

夜景虽然不属我
但红黄蓝绿交相辉映
让世界变得光怪陆离

月亮还是那个月亮
她露出一半的脸
在空中无声地微笑

2023 年 2 月 28 日

站在沂山峰巅

年轻的时候
靠腿站在最高峰

年老的时候
靠缆车
让浮动的云海作为背景

十六位皇帝也想穿越
因为低和高就在瞬间

八十岁的奶奶
忽远忽近

六十岁的我们
还有多少脚印
沿着山道
站在云端上

2023 年 7 月 18 日

鲁迅故居

步入小街
鲁迅的烙印
在臭豆腐、香糕、黄酒上

三十年以前
很淡的商业味道
让我一直怀念他的精神

现在一个城市
都是你的故事

百草园的菜畦
百草园的石井

跟我童年的梦
有很多的相似

但文豪又和我相距甚远
皂荚树、桑葚子又那样亲近

闰土哥哥给小鲁迅讲故事

好像我在听

一条蜈蚣精变美女

2022 年 12 月 19 日

蓝眼泪

猫头墕山巅的游客
是在海上迎风迈进

年轻人躲进了石头村落
只有晚霞的余晖照顾着我

俯瞰用一块块黛青色、赭色的石头垒砌的石头厝

三面环山，一面环海
才有老去的古榕村落
年龄让前后沙滩如此陌生
不会踩踏，不会折叠

这里，汇集了渔人那么多的辛酸
哭的笑的岁月都注入了这片大海

夜深了，我一睹
你的波光粼粼
谛听潮声凄泣

无怪乎当地人把海叫作，蓝眼泪

2023 年 2 月 2 日

石棚山

漫山遍野的石头
是天然爬山的级梯
手和足都是脚

在幽静的石棚下
是诗人石曼卿阅卷抚琴
是诗人苏东坡饮酒赋诗

虽然没有花果山高大
但"有仙则名"
让它成为文人心中的名山

滑溜溜的石块
让我爬到半腰

峰巅的小长城、烽火台
让年龄成为借口
留下遗憾

2022 年 10 月 10 日

天平山

35 年以前的天平山
是一座海拔 221 米的五层楼
峰巅奇石乱窜
光秃秃露着肩膀

35 年以后的我
人山人海
走一步停一步
气喘吁吁脚踝疼痛

山巅树草覆盖乱石
俯视点点低楼不再兴奋
如果再高一点
最好有缆车载我一程

夕阳西下
再照到山顶越来越难

2024 年 1 月 21 日

万寿寺

仰望一千多座寺庙
却没有低下自己的头颅

今天我为十六岁遁入空门的海亮法师
临时成为信徒

一个头
两个头
三个头

仿佛穿越到未来
在世界各地旅游
不需要护照签证

悠闲的年轻人
让我感到疑惑
路人告诉我
他们都已千岁了

2023 年 10 月 7 日

荷花与亭子

在荷花盛开的小河边散步
眼前的亭子走进了荷塘中
我随着她一睹他的坚毅

荷香随风吹拂我的头发
仿佛我感到亭子的八个脚
依偎在众多的荷叶上

你是我的
我是你的

我俩虽在污泥中
却一样互相拥有

你绽开的花是最好的礼盒
里面有你的果实

你的粉嫩的笑脸
是我坚定留下来的理由

你的荷叶紧贴不随波逐流
是我坚持下来的精神支柱

虽然很长时间寂寞难耐
但是我会等你绚丽而生动的季节

2023 年 5 月 28 日

梅峰岛

站在最高的观景台上
俯瞰清波漾漾的湖水
绿的像绿色的野草
清得见湖底的沙粒

是湖水拥抱着岛屿
还是她躺在他的怀里
像江南女子的妩媚
像江南女子的恬静

仿佛是他们的天堂
还布下祝福的字眼

现实往往是梦境
梦境往往是现实

2021 年 12 月 21 日

郑和铜像

六百年前在太仓起锚地
明朝三保太监郑和
铸就了伟大的海上丰碑

郑和公园的铜像
手执航海图
凝视远方
指挥几百条宝船
开辟新的航海通道

虽失去了很多
但又得到了其他人无法相比的英雄
每次出征都证明自己的伟大
每次出征都成就世界之伟业

司马迁、郑和让人联想
山谷多深
山峰更高

2021 年 12 月 11 日

真假月亮

太仓南园的知津桥
倒映在碧水中的影子
共同组合成银盘

月牙是真桥
还是影子是月牙
互相配合才成为完整的我

真真假假还是假
假假真真或许真

天上和地下
永远是两个世界

如梦的南园美景
和天上的朦胧月亮
才是真正的一幅画

2021 年 11 月 14 日

彩虹桥

北外滩飞来七色彩虹
宛如卧在黄浦江畔的巨龙
日夜守候祖国各地的游客

江水声中的彩虹桥
正是天上云彩的倒影
夜里仍然闪耀七彩的光

走在桥上
仿佛跨上天上的云彩

2021 年 10 月 23 日

小西天

最西端的小西天
是枸杞岛的最高峰
只能观日落的风景

海上船帆点点
浮子一望无际
白浪拍岸
一切都会卷入大海

晚霞吹着温暖的海风
和渔舍的影子窃窃私语

小船随着风儿摇摆
只能和它互动兴奋

阳光渐渐远行
黑灯瞎火向前追赶

2021 年 10 月 4 日

嵊山无人村

嵊山东北面有一个无人村
绿色的植物淹没了废弃的小洋楼
仰望邻近的山头是一片坟场

"鬼村、鬼村"
游客轻轻地挤出

虽能听到海汐的声音
但联想到的灵异事件
以及小楼空荡荡的画面
真想离开后头湾无人村

可怕的是
只有一条弯曲而下
原路返回的山路

码头上的渔民望着我们
招招手
让我们逃离了阴森森的
恐怖的地方

2021 年 10 月 3 日

黄渤分界线

蓬莱田横山的灯塔
旅顺老铁山的灯塔
是黄渤二海分界线

黄色的和蓝色的海
你是你我是我
在太阳下势均力敌

山上的二龙戏珠
更是华夏图腾的升华

该融合还是各不相让
都在同一个天地下面

是一龙也罢
是二龙也罢

都一起戏珠吧!

2021 年 7 月 27 日

黄花溪的窗帘

黄花溪的瀑布
从断崖上流淌下来
齐天大圣的水帘洞形成了

无数的大大小小的洞
从里往外观望
像一扇扇窗棂
流水变成了窗帘

外面观看是瀑布
里边瞭望是透明的布

我们看不见神仙
神仙看得见我们

2021 年 7 月 26 日

最高的泉水

崂山最高的天乙泉
顺着河谷
从潮音瀑开始
一路唱着哗哗歌

八水七水六水
时大时小
时急时缓

五水四水三水
一流一景
一湾一色

二水一水
还是唱着
哗哗、哗哗……

2021 年 7 月 24 日

怪石的灵魂

三清山云雾的灵魂
是怪石千万年的磨炼
每一个动作
风雨雪
才有自己的性格

眼睛生长在石头上
每次用它环视朦胧

坚强的松树
在夹缝中不屈地成长
让石头更加妖娆美丽

2021 年 7 月 20 日

天池峰

天柱山是小黄山吗？
怎么石缝里探出松树
形态各异的石头作为陪衬

天池峰碧绿的池水
浸润着每块山石
它是王母娘娘的洗脸水
松树怎能不抢着靠近

我却更喜欢仰望峰巅
因为勇敢者都站在那里

云雾让一切都模糊
我想会有清楚的时候

2021 年 7 月 18 日

真想做一个女人

牵着一头耕牛
准备嫁给侗族姑娘

男嫁女是他们的习俗
也让我做一回新郎嫁

摸着恩施桐乡楠木老屋
仿佛感觉自己就是主人

我的靠山
其实是我们的外祖母

当地人称为祖母
最具权威的一位长者

也让我有了一种想法
真想做一回女人
掌管大大小小的事情

2021 年 6 月 6 日

鸡鸣岛

威海荣成的鸡鸣岛
是被大自然过滤的海岛

二郎神折断了扁担
坠落的雄鸡化为了岛屿
让我才能仰视怪石嶙峋

唯一的六十六户小渔村
用晾干的海草做的屋顶
用海里的贝壳做的瓦墙
这就是海上的世外桃源

我由东向北缓慢攀登
观日台寂静成山石画卷

我无法等到第二天黎明时
听一下雄鸡嘹亮的叫声
我该离开不属于我的梦想

2022 年 7 月 26 日

第二辑

黄河之情

仙佛山的传奇

谁能想
天烛湖景区曾经有一个传奇
小伙子和仙女在此成婚
主婚人却是如来佛祖
一对天烛就是当时留下来的物证

一泓湖水是一面镜子
把美丽的仙女照得满脸羞红

小伙子带着新婚妻子
归隐湖岸的仙佛山

月兔陪伴左右
散发余香的绍兴女儿红
都笑得红了酒色

现实生活只在梦里
桃源隐藏在传奇里

2021 年 4 月 7 日

佛

落日的余晖
让新昌大佛寺的牌门留下长长的影子
寺庙隐略见到两扇门
菩萨披上了隐身衣
两旁的正道
把黑夜让给了路灯

佛朦胧人朦胧
黑夜即是空
无人即是空
阿弥陀佛！

2021 年 4 月 17 日

大禹塑像

启东除恒大·威尼斯城
究竟还有让我探秘的景点否？

海边的圆陀角风景区
让我仰望一尊塑像

他是大禹
站在湖泊旁

像站岗的勇士
保护一方土地

他的背后是中华
每篇传奇留在水里

让我通过他的面容
了解他的坚毅

世界的天翻地覆
是英雄们站在峰巅上
俯视着自己的同胞

2021 年 5 月 2 日

一阵风吹过湖面

芦苇荡里的铁道游击队
纯朴的微山湖是他们的背景

可惜风让去湖中的轮船停航
只能游览红荷湿地地质公园

盘龙岛上的影视基地
李正、刘洪、芳林嫂

"西边的太阳就要落山了，
微山湖上静悄悄"

是荷花在风中摇荡
还是向日葵？

一阵风吹过了湖面

2020 年 8 月 5 日

乌篷船

梦幻中的乌篷船
在台儿庄古城的河道中
"摇啊摇，摇到外婆桥"

纤细柔弱的船妹子
站在船尾、站在雨中
一边摇桨、一边歌唱

朦胧的灯光、朦胧的楼阁
单孔的石桥、单独的游客
在五彩缤纷的晃悠中
在蜿蜒相映的红灯笼中
做着梦里的摇船人

现实中的廊台、码头
现实中的青石、水门
跟家乡的村口的老槐树
跟家乡的河旁的小姑娘
是古城还是古村？

2020 年 7 月 19 日

微型公园

川沙古城墙公园
或许是世界上最小的

每块砖沉睡了四百多年
却一点也不古老
静静地躺在那里

园内古迹荟萃
魁星阁
岳碑亭
观澜书院

残缺的古城墙
在东南一角
注视着倭寇

而锈迹斑斑的古炮
仿佛喜欢现在的自己

天空还是蓝色的
大地却高楼林立

2020 年 7 月 2 日

地宫

地宫雕刻
凤在上、龙在下

地宫棺椁
装时间空一无

地宫地砖
曾经金碧辉煌
现在吞噬了光芒
让我走向阴森的陵墓

越来越死的慈禧
慈安
光绪

地狱
还是地宫？

2019 年 12 月 10 日

斜桥

太湖的水
目光注满了胥江
她清澈见底
她守身如玉
让船娘的娴熟的摇橹声
荡漾在木渎古镇

可惜光福铜坑的香溪
却那样混浊
却那样坚持
最近的歌声
匆匆转了弯

斜桥
却弯下了腰
让二股溪流
一清一浊

2019 年 12 月 8 日

阿里山

千百年的古神木
让下雨也露出了阳光

两棵紧紧缠绕的树
在同一树根上相吻

光线穿过一株株青翠
给兄弟树带来了温暖

嘹亮的歌声响起：
阿里山的姑娘美如水
阿里山的少年壮如山

嘹亮的歌声响起：
山中只见藤缠树
世上哪见树缠藤

让我听到了阿里山的歌
让我听到了刘三姐的歌

2019 年 10 月 2 日

在木栈桥上

溱湖湿地公园
清澈见底的水
让鸟儿的影子仿佛在水下
像睡觉的鱼儿上下漂浮

不知哪一位诗人
把自己的诗朗诵给大自然
惊飞了天上还是水底
还让我在木栈桥上
沿着栈道迂回曲折

我想寻找
菖蒲
飞鸟
鱼儿
人类

远方传来了船娘的摇橹声

2019 年 11 月 27 日

高山湖泊

天黑了，他走了
天亮了，我走了

圆形小岛
却让红色的水
却让绿色的水
在云雾迷蒙的群山中
相拥相亲
每时每刻
千年斯年长长的湿吻

他们的身体在遥远的天上
他们的灵魂在高山的谷底

相依相伴
又绿了多少心灵

有一天
我能做一位日月潭的渔夫
陪伴高山湖泊

2019 年 9 月 17 日

柳毅井

苏州启园的柳毅井
是太湖龙宫的入口

井栏圈已磨出一道道深沟
我恍恍惚惚地跟着武士

在龙宫的高楼大殿旁
我做了一次柳毅传书

古老的井还是古老的井
天空却不是原来的天空

太阳露了半张脸
或许龙王叫停了雨

让我静静地品赏
初夏漏窗尽显的启园

2019 年 6 月 24 日

茶卡盐湖

踩着软软的盐晶
仿佛出奇的洁白
让天空生出嫉妒
将一桶白色的染料倾倒而下

白茫茫的雪地和盐地
如梦幻般的洁白
仿佛是一家人儿
想让每个游客
成为天底下最白的人儿

不仅是她们的白
更是那种沙沙的感觉
以及一望无际的盐晶
这是与众不同的白色

让我们进入了童话世界
城堡、宫殿
弥勒佛、成吉思汗

2019 年 6 月 7 日

青海湖水

青海湖

她像海
却没有波澜

她像湖水
却一望无际

远望像高于地面的蓝色布景
近望像一块光滑的未打磨过镜子

一朵朵云彩像一个个白嫩嫩的姑娘
在天上照镜子打扮呀

远处的游船
在镜子上划来划去
牦牛大小姐在岸边悠闲
我们沿着岸边跑来跑去

镜子由远而近
我们的任何瑕疵
都映照在碧蓝纯净的湖水中

2019 年 5 月 31 日

吴淞炮台和湿地

我在曲折的木栅桥上
抬头望着众多的游客

在典雅精致的亭子里
在水潭漂浮的荷叶旁

连滩涂上的江鸥、白鹭
也列成一长排驻足憩息

我却被百年沧桑的吴淞炮台
我却被一尊炮架的铁锈斑斑
······

望着远方的海市蜃楼
硝烟弥漫、炮火连天

母亲河长江
吹来了湿地
吹来了溪水
吹来了芦苇荡荡
吹来了水草蔓生

2019 年 5 月 6 日

金山嘴老街

一条老街
是上海金山嘴最后的挣扎

门口绿色的铁丝网
吻着长长的海岸线

渔具、妈祖文化馆
无法挣脱现代的保护

臭豆腐、奶茶、烤鱿鱼
演活了一拨人又一拨人

古韵和前卫
弹奏最后的音韵袅袅

望着最后的一线霞光
瞭望台也露出了微笑

西沉
让一切平静

2019 年 5 月 4 日

雷峰塔

今日的雷峰塔
已是现代的摩登女郎

只有底层的遗址里
残塔断砖还留着白娘子的脚印

我的前世或许是许仙
好像白娘子正陪着我
登上了塔顶

北眺西湖
东望杭城

千年的恩怨
被融进了潋滟湖光之中

许仙第十代投生
被高楼林立
被街市繁华

像湖滨路绕着西湖
像一条彩绸慢慢舒展

我和白娘子
消失在碧波粼粼的西湖中

2019 年 2 月 26 日

乌镇的小桥

一进乌镇西栅
一条河流穿街而过
只见一座座木楼内灯光琉璃

石块斑驳的小桥
静静地搁置在流水之上
像蓝色印花布的短袄的女子
在桥头静静守着岁月

长长的青石小巷
记录着前缘今生

有一位西装革履的男子
穿过了蒙蒙细雨
让他一眼就爱上
那青花瓷般的忧伤

戴斗笠的橹人
摇出了一只乌篷船

是船还是人

对桥还是岁月？

欻乃！欻乃！

2019 年 2 月 17 日

大闸蟹

穿过巴解园
阳澄湖的蟹市场
在方格子内一篓篓的大闸蟹里
让我挑出二只体大硕肥的雌蟹

因为在上海
母亲闻到了蟹味

我约了两人快步半小时
阳澄湖水天一色
大闸蟹张牙舞爪

我把它放进口袋
回家把它放出来

大闸蟹随着湖水
漫游在母亲的周围

2018 年 11 月 12 日

51

八字桥

绍兴有一座八字古桥
每当你面对生活的坎
你不如跨上绕不开的这座桥
会豁然发现五个通道

从桥上走过
散落到人间的
是现代的立交桥

而隐隐约约的倒影
却让一条老街
体味着人生的八字桥

2018 年 11 月 5 日

丰收

一串串玉米
一个个辣椒
在高墙小窗面前
排得整整齐齐

黄山南麓唐模村
秋天是最美的风景

一条小河在山谷里逶迤流淌
把依水而建的白墙灰桅
在柳条飘拂下
笑得又红又黄

村民挑着担子
让艳红的辣椒
挂满了每个庭园

2018 年 10 月 6 日

崖顶

登最高峰
是背包的少女
让我紧跟慢跟

好像前面是仙女
只能仰望而无法靠近

齐云山是道家之地
或许穿越了三天门
她成了仙

登上赤紫色的山崖
玉虚宫一隐一显

忽然一声呼喊
"峰顶还差几步"

2018 年 9 月 26 日

黄河之情

温柔的黄河
让细沙随着风儿飘荡

风沙进逼
肃杀、死亡

河水穿越
奔腾、生命

他们相互纠缠
却在同一屋檐下
成就了塞上江南

是银川
让他们成为千万年的情侣
让他们以独特的方式生活

风沙来吧！
河水来吧！

我微笑着
——戈壁滩

2018 年 8 月 30 日

昆嵛山的品质

昆嵛山的溪水
王母娘娘也把仙脚伸入水中
众仙女更用肌肤亲吻潭水

是他线条的粗犷
还是他蜿蜒而下的山泉？

不管是谁
只要驻足歇息
疲惫随风而散

不管是谁
只要涉水而过
浑身清爽

无所谓是"五岳""四大佛山"
纯生态是我的追求

2018 年 7 月 20 日

第三辑

草原上的越野车

何仙姑修炼

九丈崖是长岛的仙人屋
有骨气的何仙姑
宁愿在山洞修炼
也绝不过烟波浩渺的大海

珍珠门隧道
让我三个来回
观音像指点了我
海蚀崖却影影绰绰
出口在哪里？

盖一间小屋吧
依山傍水
自给自足
何惧另一个世界

海风与时光
再桀骜不驯
让捕鱼炊烟
吹淡海市蜃楼

2018 年 7 月 18 日

海鸥

万鸟仙山岛的崖壁
筑满了巢穴
布满了鸟肥
彰显着鸟儿王国的气势

享受晕船的游客
在剧烈的摇晃中
在冷风的直灌中
还是想着成千上万的海鸥
以及沸腾的音乐剧

三个小时的煎熬
让鸟声盈耳
让鸥影绰约

这是仙岛的魅力
这是游客的印章
盖在脑际之间

海鸥扶起瘫在门框边的晕王

2018 年 7 月 9 日

七个月亮

一铲铲、一锹锹
世界上才有里程最长的运河
更让一座仅存的古桥
笑了五百年

多少官船见她低下了桅杆
多少商船见她低下了物品

广济桥似七个月亮串联而成
石栏板是她的脸庞
烙着深深的历史痕迹

拾级而上
一望无际大运河
逐级而下
小铺、小旗

不管平静如水
不管微波荡漾
都要穿越七孔石拱桥

2018 年 5 月 21 日

新场古镇的老屋

老屋的阁楼
在破碎的青砖小路上
历经几代沧桑
他依然在浦东的土地上

傍河而且目睹小船
"咿吖、咿吖"
穿行于洪福桥、千秋桥

古镇的条石上
也留下了系绳缆船的深深的痕迹

老屋阁楼上
诸君的脸颊
也被淡淡的阳光
晒落了几百年

老屋依然微笑
因为在木窗格里
隐藏着最后的秘密

2018 年 5 月 7 日

草原上的越野车

小丘柔美的线条
让无边的绿毯上
更想渲染翠色欲流

越野车行车的洒脱
连骏马只能静立
是妒忌?
还是草原上隐藏着无限乐趣?

碧空中丝丝云彩
跟着我们奔驰
几匹马傻瞪着眼睛

放牧人的越野车
已经代替了狂野的马儿

我学唱他们豪迈苍凉的藏歌
在蒙古包里品尝了奶茶、奶豆腐
却不敢骑一骑雄健的快马
因为太阳低下了头

2018 年 5 月 5 日

戴着头巾的村姑

江岭的油菜花
虽然没有让人称道的妖娆
却凭着浓郁的香
让徽派建筑
宛如硕大的白色花朵

水嫩嫩的黄色
在这片静谧的土地上
像一群戴着头巾的村姑
絮絮叨叨着沉淀了一年的思念

一层明绿
一层金黄
拼接渐近的颜色
似一幅挂着的刺绣

她在天幕底下的身影
让熙熙攘攘的人们
只按自己的意愿
寻找梦中的故事

2018 年 3 月 22 日

悟道

灵山小镇
浸润着禅意
心空也弥漫着宁静

鱼儿潜泳
蛙儿轻跳
我叽叽喳喳

一扇门
一座草屋

一盅酒
一杯淡茶

依山面水
是参禅悟道的一幅油画

2017 年 12 月 6 日

竹海

俊俏挺拔的少女
凭着一张一张小嘴
正在说着生命的呢喃

小火车的穿行
也无法打扰你的秘密

站在竹木小屋旁
无论峻岭
还是沟沟坎坎
她依然亭亭如青玉

羊肠小径好像是腰带
挥舞在整个林子

顶上的熊猫
也躲进一幅淡泊幽雅的国画中

南山竹海
一草一瓦
都是向往另一个境界

2017 年 11 月 17 日

蝴蝶梦

盐湖城是一颗碗里的珍珠
道天下是一根线
串联现代和古代

魏晋的飞檐翘角
白云湖的层层涟漪
鸟儿的叽叽喳喳

一幅山水画是谁泼墨的？
让我也穿上道服
贴在长卷中

婆娑的柳树
盛开的花朵

我是蝴蝶？
蝴蝶是我？

2017 年 11 月 3 日

龙吟

低沉的龙吟
汇龙潭也漾出一丝水纹

思想浸在水底
一睹龙颜

鸟
或许是龙的化身

在古树上
在花朵上
飞来飞去

龙想让我
从一个跳到另一个
从一个换到另一个

2017 年 10 月 26 日

骆宾王是一条狼

蹲在长江边上的狼山
让不羁野性的江水也小心翼翼

是山形像狼？
是白狼出没？

狞厉的面容
让庙宇的香客
隐隐约约听到狼嚎

青烟毫不理睬
终年盘踞在狼的怀抱

我更在乎诗人骆宾王
因为他的归宿
是一个玄秘的谜

他或许就是一条狼
每天蹲在开阔的山腰上
俯视滚滚的水流

曾经充满着险峻

怎么也走向平缓？

2017 年 10 月 24 日

坐禅的佛

寺庙，经常只差一步
让我虔诚

看山看水看菩萨
是我对尘世的眷恋

江南寺院的铜观音
也没有忘记争第一

千年古刹
更喜欢纷纷扰扰

高香让和尚也高尚
个个都是一尊坐禅的佛

跨过门槛
氤氲的香炉
憨笑了一生

2017 年 9 月 29 日

瓷器

传世青花瓷
已经不是一种物质
她浓缩了精神的影子

我仿佛听到了
江南的袅袅炊烟
叮咚的山泉

清泠透亮
古朴典雅
一种文化世界的唯一

泥土和灵魂
创造了世界最早的工业城市

旋转的土坯
在揉捏有度中
诞生了瓷娃娃

我真想
用思想成就另一个瓷都
用古窑焙烧新的瓷器

2017 年 9 月 27 日

千年穿越

踩着吊脚楼
依山傍水

戴着银角的苗家姑娘
在白水河沿岸
唱着山歌向我走来
……

西江苗寨
不仅是露天的博物馆
也是民族盛装的活化石

黑色的屋瓦
发黄的木板墙
弯曲的鹅卵石

穿上苗族服装
携着苗家姑娘

我看了看天空
估算出
现在是一〇一七年

2017 年 9 月 25 日

布依族的欢迎词

移动的观景台
让整个万峰林
在画卷中陶醉

峰哥哥互相拥簇
在河流岸边会聚
让村妹妹的脸庞上
也镀上了金色的光芒

一块块拼接的麦田
一丛丛摇曳的花束

让奇山弯着腰
让秀水千转百回
更让蜿蜒的山路
始终没有了终点

2017 年 9 月 22 日

黄果树瀑布

宽宽的白水河
好像一匹匹白色的骏马
奔跃而下

她的表情
从上
从下
还是左右前后
都是最美丽的瀑布

她透明直泻
让我们听到了歌声
还听到了浩天气势

多少人想证明自己是英雄
却被绿色的树枝遮挡视线

悬崖峭壁
让温柔的水妹妹
如雷回荡在山谷中

2017 年 9 月 15 日

仰天大佛

三面环海的石岛湾
在观音菩萨的挥动下
让我三十年第一次淋湿了思想

时雨时雾
摇起了亭榭楼台
这是天宫遗落到了人间

奇异怪石
一隐二明
让千古的故事
流传民间

荣成赤山
就是一尊仰天大佛

2017 年 8 月 1 日

滴水湾泡温泉

在屋顶上泡温泉
海在我的视线里
浪花也如此温柔

水的语言
滋润着每一寸肌肤
让它如此嫩滑

我躺在海上望着天
享受着养生的温泉水

与水共舞
身与心也悠闲
与海共舞
天与地也欢乐

大自然的馈赠
灵魂和智慧

2017 年 7 月 30 日

光滑的肌肤

披一条浴巾
踱步在花香弥漫的小汤温泉区里
寻找心仪的泉池

躺在粗糙的池中
汩汩热流激发我的灵感

它是灵动的禅意
它是意化的精灵

让紧绷的神经
让疲乏的身体
烫一烫
与热气遽然升起

享受水流的轻度按摩
用心触摸水的广度

室内的池子
室外的池子
贵贱只存光滑的肌肤

2017 年 7 月 19 日

鸟瞰

金顶上一条古墙
沿着山体蜿蜒西去
也太像长城的妹子

天地嫉妒人工
也来一个假天池
也太像大地上的明镜
让临水的山也幻化成美少女
在清澈见底的湖水边梳妆打扮

鸟瞰
湖水山色
林海茫茫
千丈悬崖

最险隘的山壁
只在一丈之内

2017 年 7 月 18 日

诗人石钟乳

沂水地下大峡谷
被山旁的放羊翁催醒

美妙的音乐
抚摸着光滑和粗糙

石钟乳
仿佛是一位诗人

玉兔奔月
雄鹰展翅
金龟昂首
……

巨大的石笋
也俯视我的前进

惊险的地下漂流
不再是湿漉漉的记忆

2017 年 7 月 18 日

情人河

鸳鸯溪，流淌着浪漫
沐浴在她的怀抱里的情人

纤长的手指——艺术家
洁白的皮肤——冰美人

这是七千万年的巨烛
祈祷的结果

水路进，丝路出
弯弯曲曲的幽谷
穿上了五颜六色的衣裳

携着你是今生的福气
仙佛山为我们点香
胡公山为我们祈祷

端着碗儿坐在门口
晚霞笑着他的背影

窗户外面的风景
就是我们的情人河

2017 年 7 月 6 日

第四辑

诗歌万花筒

幸福的微笑

我的爱好为母亲让道
两个月在饭桌上
一口一口
听着我的故事

耄耋之年的母亲
更盼望儿女的身影

诗友的邀请
我把它放到下一个世纪

脚步代替了声音
一个苹果
一杯牛奶
是儿子把母亲的目光
深深地寄存在心田里

扭响的音乐
让躺在床上的母亲
越来越近

快速的高铁上
最后一站
是她的微笑

2018 年 1 月 26 日

诗人黄晓华

黄果树旅游
黄晓华独来独往

晚餐他喝着酒
把夜赶得越来越黑

我留下来
等饭客消失了
才跟他一起回酒店

摇摇晃晃
把树叶震落一大片

童话一般的声音
把一条街带活了

夜更深了
他才慢慢移动
我扶着他
好像世界减速了

可惜

他还是走了

在另一个世界里

写他的诗、喝他的酒

2023 年 4 月 19 日

龙年

儿时的过年
龙灯、龙舟
跟着一群男女

兔子钻进去
出来一条龙

舞动着弯曲的身体
从小龙渐渐地长大

真正的主角
开始登场
挥、挥、挥

2024 年 1 月 3 日

机器人

站在机器人产业模型图前
仿佛穿越到十六岁写小说的我
一双大眼睛瞅着悟空
悟空也认错是一位姑娘
原来她是美女机器人

四十四年后的今天
我盯着眼前的机器人
长臂挥舞
精准拿放
虽不像我小说中的脸庞
但她的举重若轻让一辆辆汽车
在城市里奔驰

我多想有一个机器人
帮我洗碗、烧饭
帮我洗衣、扫地

早晨
她陪我逛顾村公园

傍晚
她陪我逛龙湖天街

若干年后
上海机器人产业园
会有一位"美女"走进我家

2023 年 11 月 3 日

落叶

风，呼呼吹
我家门口的树
快落下母亲的叶子
让最后的子女有点慌张
想用身体挡一下

她微笑地抚摸着
让一让
我先走了

或许还有缘
在冬雪过后
我信步走来

2023 年 10 月 21 日

孔明灯

缓缓升起的孔明灯
是高邮万寿寺的通天语言
它带着我们的信息
一路畅通到达天堂

感谢诸葛亮的发明
让我们和先人有了交流

您好！
我的父母亲
那里过得怎样
是否有空调？
是否有汽车？

慢慢熄火的灯
回到了人间
咦！吱吱的声音
是父亲的问候
咦！吱吱的声音
是母亲的关心

原来天堂和人间

是那么近

只要一只孔明灯

2023 年 10 月 9 日

诗人路鸿

二十年前
在上海共青森林公园
面对面遇见了诗人路鸿

今天采风是"钢铁诗人"刘希涛带队？
他微微一笑
那么我是"纺织诗人"参与

咦！
钢铁、纺织、铁路诗人
前辈们的称呼

一条消息
"路鸿"走了
却留下了"诗人"

2023 年 12 月 22 日

母亲

去年走了
只留下一片落叶
我只能拾掇碎梦

你的背影是风景
把痛苦留在背面

天昏沉沉
一条小径
我独自漫步

定时钟不再运转
我只能用毅力
把人生再一次定位

目光望着窗帘
隐隐约约
有一个影子
望着我的脸庞

2023 年 5 月 14 日

井冈山

我坐在绿色衣服的火车上
十二小时后
我站在毛泽东创建的第一个红色根据地

那里有满山遍野的杜鹃花
那里有红军开会地——八角楼
那里有您坐过的"读书石"
那里有红色的米饭和南瓜

井冈山的山
井冈山的林
都有伟人的影子

我坐在您的石头上
仿佛感觉穿过了时空
朴素而亲近的您向我走来
握着我的手
我飞了起来

人民万岁
是这位伟人喊出的口号
他是井冈山的魂

两棵树都用自己的方式
枯萎和绽放
表达了自己的心愿

2023 年 5 月 12 日

这辈子忘不了您

我很难忘记小学的严老师
当我玩象棋懒得上学时
她不知什么时候冒出脸
我们屁颠屁颠跟着影子

人不仅要长大也要长脑子
人不仅要吃饱也要长知识

每句话背后是一段故事
每句话背后是一双眸子

她每一次批改作文
都写上几句修改的意见
慢慢地让我靠近了诗

十年二十年三十年……
她严肃而亲切的话语
随着太阳慢慢升起

2022 年 7 月 13 日

老街的变迁

刘行有一条老街
我曾在青石板路上
环视老旧的商铺和摊位
街的幽深外的田野和农房

十年后的一天
我站在原来的地方
平而正的水泥路
挤出两侧的摊位
让明亮的商店排队

最近五年
沥青路让高大的建筑
成为它自己的保护者
楼房林立、绿树成荫
菊泉新村、保利叶语

现在原址上的菊泉故里
为明清仿古式亭台阁楼
绿水环绕、江南水乡景色
让周边居民感受新的老街

2022 年 5 月 7 日

我为虎年写首诗

虎，像我
虎年更像我的人生

每次虎年
我爬上最高的峰巅
站在观景台上虎啸

终于有一天晚上
我幻化成老虎
说：
写了一辈子
今天为你写首诗

2022 年 2 月 1 日

诞生

我的故乡
一个政党走出石库门

"一大"会址
让我们从抽象到具体
让我们从具体到抽象

信仰贯穿着每个声音
它是串联的复杂电路
一旦有了强大的电源
每盏灯都会亮得透明

"一大""二大"……
先辈们像无数水滴
最后汇成中国共产党的大海

2021 年 9 月 27 日

远和近

三十年以前
武夷山的虎啸岩
由于傍晚的昏暗
空无一人的山路
让我见它成为难题

一年以前
恩施的清江蝴蝶崖
又勾起我
在梦里无法见到的风景

老虎与蝴蝶虽不是同类
但美丽不分你我
仰望岩和崖
才是真正的目的

2021 年 12 月 15 日

为英雄们献上我的花圈

我仰望月浦攻坚战纪念碑
七十二年以前
在此打响了解放上海第一枪

马路河阻挡着战士们
他们以门板当作战船

炸毁一个一个大碉堡
炸毁一堵一堵土堆积
用鲜血浸润这片土地

连和营
像月浦街区一样
残垣断壁

战士们前仆后继
站在了国民党军阵地
站在了月浦这片土地

我才可以在纪念碑下
为英雄们献上我的花圈

2021 年 6 月 11 日

荷花

寡人的梦里
湖面只存荷花

想独霸一方水域
只有平静的水
让我风光再显

2021 年 8 月 5 日

顾村樱花

我挥着小红旗
穿越淡淡粉粉的樱花雨

她不再让我垂挂在心房
因为我每天可以拥有她

但是今天是我的诗歌节
我带着一帮痴迷的诗人
在既不浓艳又不苍白的樱花里
感到我们才是特别的

花瓣变成雨丝
像诗变成真诗
灵感是樱花的姐妹
短暂而灿烂

诗歌的辉煌
像四月份的樱花
每年都会飘下白色的雨

2021 年 4 月 10 日

缝纫女工

三十年代
在服装厂做缝纫女工
赶在太阳前
跑在太阳后
十六小时的电动声
撕碎了三十天的躯体

日本老板雇着帮凶
用一堆堆做不完的布料
捆住了她们的灵魂

青春少女最后一点点的羞耻
也被他们狠心扒开

每扇窗、每道门
被铁栅栏团团围住

恐慌的肌肤在推拉中
丧失了做人的尊严

妹子呀

收拾好行囊

你熟悉的老槐树

在村头等你

2020 年 1 月 19 日

安徽小妹

山区小妹
在上海裁缝店帮工
老板娘帮她介绍一位厨师

矮胖的小广东
捧着一块便宜的女式手表
钻进了月黑风高中

月底流泪告诉我
"我怀孕了"

二百元的补偿
让矮树的种子在广阔的沙漠上
像干尸一样躺着

长途汽车沿着熟悉的山路
奔向不熟悉的那条路
越走越远

2020 年 1 月 8 日

明天我的床在哪里？

日用品批发部是我的单位
可怜的工资
只能把一捆捆草纸堆起来
当我的小床

半夜时常被蚊子咬醒
我只能点几盘蚊香
但没法赶走蟑螂爬行的声音

我独自孤守杂乱的场地
来度过寂寞的时光

草纸也慢慢低下了头
消失在土地上

一个骑黄鱼车送货的小伙子
打地铺
让我和他妻子睡

静悄悄的月亮
偷偷地俯视我的泪水
明天我的床在哪里？

2020 年 1 月 5 日

零的春节

可窥 2020 年新年的味道
零的冰点
往上升
像嫩芽从冻土里
探出新鲜

格式化的人生
正式启动

诗歌的生命
重新订制

二十年后
烟花和鞭炮悄无声息
一本本新的诗集
像初春的野花
在绿道边微笑

2019 年 12 月 11 日

南极

穿上衣

放下锚

刮风下雨

海浪翻滚

梦冰天雪地

梦滴水穿石

穿行于白硬山

穿行于小弄堂

朦朦胧胧白皑皑

南极企鹅站欢迎

山似山

鹅似鹅

个个笑直了腰

2019 年 11 月 18 日

美兰湖是我最后的落脚地

十多年前的美兰湖
周围是绿油油的稻田
周围是"兵营式"的民房

一市九镇的规划
让我站在泥泞的工地上

一栋栋欧洲小楼
一幢幢花园洋房
忽然从我梦里走来

北欧风情的小镇
波光浩淼的美兰湖
让我终于有了一间房

古稀之年
每天散步在各式的红墙黑瓦间
每天散步在极具特色的雕塑中

这是我的居住地

那里有波光粼粼的湖面
那里有高矮不一的山坡

那里有到处都是翠绿的草坪
那里有四季如火般的红枫树

那里有欧式风情浓郁的公寓
那里有奥特莱斯的购物广场

这就是美兰湖
是我最后的落脚地

2019 年 8 月 22 日

梯

五十年代
小东门八个平方的小阁楼
塞进去四个人
狭窄的楼梯
像爬最高的塔

六十年代
漕溪北路的简陋二层楼
十个平方挤进了五个人
笔直的梯子
像登黄山天都峰

七十年代
西江湾路十五平方临时楼
梯子躺在了地上
一格一格

八十年代
祥德路二十五平方
虽然不需要梯子

家里的双层床
也让我拉上拉下

〇〇年代
我家住在张庙
二室一厅
楼梯爬上爬下
但有了独立的房间

一〇年代
上海顾村的家
楼梯在风景里
我站在电梯里

三室二厅
让每个人都成了宅男宅女

2019 年 4 月 28 日

岸

解放前后
中间隔着滚滚江水
两岸风景各不相同
一边布衣、毡帽、布鞋
一边军衣、军帽、军鞋

一边穷人衣衫褴褛
富人锦衣玉食
一边穷人机织布衣
富人机织布衣

离开岸边六十里
列宁装、布拉吉

离开岸边七十里
白球鞋、假领子

离开岸边八十里
戴红帽、穿粉衫

离开岸边九十里
职业装、高跟鞋

望不到边、望不到江
唐装、连身裙、晚礼服

多姿多彩、面料繁杂
给现在的人们
添加了幸福的指数

2020 年 12 月 18 日

我家的后花园

我家的后花园
是美丽的顾村公园
每天早晨沿着小路
是一排排的樱花树
阳光下溢出一股别样的芬芳

每当缓缓踏行
偶尔抬眼一望
点点樱花点缀其间

几天后再一次慢行
一簇簇的樱花喜笑眉开
淡雅而圣洁
粉红和绿色
勾勒出一幅美好的画卷

第二天再一次光顾
满树的樱花只存绿叶
树底下点点落花

我仿佛听到了最后一片花瓣的哀声

这灿烂的背后
是樱花的泪
还是后花园的故事？

2019 年 3 月 24 日

黑洞的眼

（一）

2000 年 2 月份的一天
我的眼睛出现了黑洞
医生告诉我：黄斑出血了

五年后，我挥着残疾证
名胜古迹像自己家来去自由
黑白互相伴随

书像钻心的痛
翻了几页
模糊了我的眼

路漫漫
我把心点上了灯
照亮一页一页的纸

上海海派诗人社
线上八年春秋

手机和眼睛只隔一层纸

飞信、QQ、微信
每一个信息
让我离黑暗更近

天苍苍、地茫茫
二○一五年七月四日
我的诗社从小雨中诞生

（二）

黑洞
离诗越来越近
跳舞的字不断地变换角度
汗随着颈部流淌

每天坚持十分钟
半年后

诗刊露出了娇嫩的头

三十多年第三次
又摸了一回大象
墙是墙
柱是柱

易人
划着小船
曲曲折折
忽高忽低

翠绿色的柳条
垂直而死沉沉
只有流水的声音

（三）

黑洞让字无法逃脱

只存一团漆黑
"海派诗人"灰飞烟灭

活动的魔棒
牵着我的神经
在群里上千次飞舞

湿漉漉的双肩
才感知溪水的深浅
两岸的光给吸走了
柳树、野草、花朵
在我的视线中一片空白

黑，更黑
浮起来
塔尖或许有一丝亮光
很远、很远

2018 年 12 月 27 日

出血后的世界

黄斑出血后的世界
变形、模糊了十五年

阳光的温暖
却让眼睛被玻璃划伤了

书籍长出了翅膀
飞到峰巅上
世界近了、书远了

坑坑洼洼的路
跌倒后的偏头痛
五年多还和我打架

诗让我的肢体
频繁地活动
挥舞的红旗
世界越来越小

山水风光的召唤
隔一段时间
品尝远处的群山

2018 年 7 月 3 日

穿越白色的云

耄耋之年的母亲
每年坐在轮椅车上
让我带她穿越白色的云

今年顾村公园
依旧展示着无瑕的笑颜

面对像雨一样的花瓣
虽然是优美的舞蹈
毕竟纷纷飘落

我指着远方还在树枝上的樱花
她每年都会盛开
开得灿烂
如痴如醉

飘落的花瓣放慢了脚步
围着母亲纷纷起舞
旋转着穿越了时空
明年的今天
后年的今天
……

2018 年 4 月 2 日

我的父亲

随着落叶
巷子越来越长
背影也越来越远

小时候一觉醒来
床头上放了一个小玩具

一双解放牌的黄鞋
一条军绿色的裤子

每次住院
窗外的风景

夏天拎着水瓶
冬天提着军壶

眼前叠影着高大的身影
让我的回忆像长藤那样默默蔓延

给予我的爱

灿若繁星

给予我的伞
挡住了多少雨点

我怎能忘记
风雨中的记忆

2017 年 6 月 24 日

父亲的灵魂

坐在小黄鱼车上的父亲
在欧阳路和祥德路交叉口

嘭的一声
让车死死地停在马路上

"不能补、只能换"
我呆滞地望着修车师傅

在 411 医院急诊室
父亲睁着眼走了

二年后
我正准备结婚时

我的助动车
嘭的一声
"不能补、只能换"
我又一次呆滞地望着修车师傅
这个月二十号左右
我认购的新股中签了

第二个月
我的助动车
嘭的一声
"不能补、只能换"
我又一次呆滞地望着修车师傅
这个月二十号左右
我认购的新股又中签了
······

中了八次签
遭遇了同样的故事

更奇怪的是
结婚证登记的时间
租赁房登记的时间
笑着在同月同日握手

我仿佛看到了父亲的灵魂
在云里雾里来来去去

2019 年 1 月 5 日

第五辑

情人和死神

我的生日

本来该庆祝六十大寿
一场疫情让我宅家里

兄弟姐妹虽然在上海
却好像离我千山万水

树上叽叽喳喳的小鸟
是他们附在它们身上

一早飞来祝贺：
生日快乐！
生日快乐！

门口的那棵樱花树
从开花到满地淡红

我只能站在窗棂里
望着轿车和树叶相聚

超市离家虽然很近
我只能眺望站岗的"大蓝"
在心里默默祝贺自己的生日

2022 年 4 月 21 日

奔赴战场

骑着共享单车的小护士
吃力地穿行于空荡路上

护士面遇警察
"帮我一程"

默契和善意
让疫情成为温情
让时间瞬间飞跃

另一个病床
多了美丽的花朵

黑色渐行渐远
白色步步紧逼

2022 年 4 月 10 日

春天新唱

在封控的小区里
一棵樱花树上的花朵
仿佛幻化成白衣天使

每次挥动白色的手臂
都在甄别邪恶的魔王

蓝色的帐篷
蠕动着五光十色的人们

"芝麻、芝麻，开门吧！"
大门缓慢地……

春风吹拂着防疫的笑脸
倒春寒渐行渐远

阳光让草坪上的野花
伸了伸被寒风吹醒的懒腰

2022 年 3 月 26 日

武汉，我回来了

武陵源的风景如画
正当我玩得有兴致的时候

同学的一个电话
让学医的我

背起行囊
赶赴战场

我报名参加了舱内志愿者
我的防护服上写着"武汉伢，不服周"

我最年轻——十九岁
每晚要求值班

当第一批病人入院
我仿佛在游乐场过山车

最难的是脱防护服
半个小时的上下运动

两周十四天
住在定点酒店里

子夜从梦境里醒来
才感觉父亲还在人间

白天呼吸机打扰了妈妈的铃声
晚上担心照顾爷爷奶奶的疲惫

只有坚持
才会赶走魔鬼

哪一天
我背着行囊
离开空荡荡的方舱医院

我将露出微笑
走向金光大道

2020 年 2 月 23 日

避让

花园小区门口
两个轮子、两条腿
二米、一米、半米

口罩
是唯一的一扇紧闭的门

电梯口
门惊讶地张开嘴

一个老婆婆
又摁下楼层

再一次下来
空电梯

窗外
一个老婆婆缓慢地走着

2020 年 2 月 14 日

窗棂的风景

我和病毒
只有三十米
口罩是一堵墙

草坪在空地上
电视在房间里

跪在帘子下
窗棂的风景
是最好的力量

跪在帘子下
窗棂的风景
是美好的梦想

跪在帘子下
窗棂的风景
是最后的胜利

2020 年 2 月 12 日

潘多拉魔盒

黑暗渐近
魔鬼渐近

眼底没有病毒
却让位给戴着皇冠的敌人

为了每一位患者
为了每一位居民

我延长了开刀的时间
或许错过了最佳的机会

我也微笑

把潘多拉魔盒打开
不管是谁？

我都用我的笔
抗击来势汹汹的病毒

2020 年 2 月 3 日

做儿童

迪士尼乐园
米奇与米妮
让我做一回儿童

飞越地平线
让我眼睛在埃菲尔铁塔上

在古城堡里
让我和白雪公主零距离的故事

50 多岁才做 13 岁的事
听童话故事
坐小矮人矿山车

半个世纪
总是幼稚得可以
戴上"唐老鸭"

2018 年 3 月 13 日

灯光

黑暗像一片娇嫩的叶子
只能抚摸无法知道颜色

我只有眼睛而没有目光
因为很早以前
消失在远方的杉树上

红白相间的拐杖
扭曲了人们的视线

我安静地听着飞蛾
把一丝灯光
告诉了黑夜

诗歌毁灭了白天
只能在暗淡的星星下
摸索前进

2018 年 2 月 23 日

情球

今年没有了飞雪
却有苦涩的记忆

新的味道
照样在第一缕阳光里

生命的旅程
地球是第一站

妈妈的骨折
是新年的祈祷

让爱站起来
宇宙也特别温暖

最后的终点站
是银河中的"情球"

2017 年 12 月 18 日

樱花泪

每年
花瓣旋转的时候
我都要推着轮椅车
让母亲穿越树下的小路

今年
落下的已碾入尘土
树上残留的
俯视着经过的人们
您在哪里？

飘落的思念
夹杂着雨丝
是雨，还是泪？

2024 年 3 月 16 日

江水东流

东逝水的江面
唯有我站在原地

眺望夕阳下的帆船
越来越……

山巅有我的草堂
哪天盼到远处的黑影

让我融入其中
带我一起向东流

2024 年 5 月 17 日

秋吟

摇啊摇！
沉甸甸的果实下
等我摘树上的苹果

摇啊摇！
满地干枯的叶子
等我扫屋前的园子

摇啊摇！
秋风是否吹乱我的头发？
瞅一眼河水中的脸庞

2024 年 5 月 10 日

公园里的田园风光
——游嘉北郊野公园有感

公园里的水稻
让偶然飞来的白鹭
也感受到田间的温暖

乡村的味道
让城市里边的诗人
也像蜻蜓那样悠闲

葱绿的小草
让这里的飞鸟
也增添了欢乐

我们的漫步
让啾啾的声音
也变成了浪漫的诗句

2018 年 6 月 12 日

顾村十年情

顾村镇政府
曾经让我淋湿的报纸
沾了十年情

诗乡啊!
漂泊的游子
五年后
才有了温馨的港湾
我的家

我的诗
在肥沃的诗歌土地上
像樱花
像荷花

绽放
绽放

2017 年 9 月 30 日

一抹粉红

守着一年的寂静
只要春风浸润花朵
她才绽放温柔的笑脸

为了辉煌
暂时放弃生命
是春天给了翠绿中
最美的一抹粉红

2018 年 3 月 25 日

情人和死神

我的情人
喜欢地狱的宫殿
那里是她的归宿

死神听见梦中的呼声
打扮成英俊的小伙子
在她经过的地方
撒下勾魂的花朵

终于在一个晚上
姑娘倒在死神的怀中
深吻他的黑唇
享受死的快乐

地狱的恐怖
带来了刺激的游戏
不再依附自身肉体
完全自由逍遥
没有重量
没有负担

一切都是轻轻的

死神特别兴奋
因为有了自己的知音
情人特别兴奋
因为有了自己的伴侣

1995 年 10 月 9 日

冲洗灵魂

我的灵魂
被痴情的女鬼
用一张美丽的人皮
托着飞向静静的河边

夜色灰蒙中
露出狰狞的脸
紧紧贴着我发紫的唇
不肯松开

过会儿
用清清的河水
冲洗灵魂

瞬间
灵魂透明
飘飘然
回到自己的体内

从今往后

女鬼的美丽
时时映现
自我的形象
渐渐地高大

黑夜
仿佛白天
经常和她嬉笑

1996 年 10 月 27 日

深爱荒野的女鬼

我偏偏深爱荒野的女鬼
不喜欢世上的美女

野鬼只有一个愿望
紧紧追随情中人

俗女的欲望
扫光每个享受
抓住每个线头
串起颗颗水晶项链
逍遥街市

女鬼的视野
青草和泥土
只要真情捧着泥土
献上一朵小花
她将永不投身人间
伴随痴爱的郎君

1996 年 10 月 14 日

154

寻找鬼中的情郎

美丽的女鬼
我痴痴拥抱
因为人间的女孩
缺少鬼的精诚

为了钟情的郎君
勇闯两个世界
为了千年的情丝
默默在棺中等待

一旦获得机会
借尸还魂
寻找鬼中的情郎

我爱女鬼
愿被勾去我的魂
死在坟堆旁

1996 年 10 月 30 日

我和丑鬼女

丑鬼女
露出长长的尖牙
碰碰我的脸庞
让我回到人间
我惊讶恐惧
她哈哈大笑

阴间找您
人间寻您
我的情郎
五百年前我们是邻居
却不能、不能
今天我来了

我也哈哈大笑
不管以前是否真
我听你一回
你的鬼气，就是我的力量
你的容貌，就是我的骄傲

1996 年 11 月 6 日

丑雌狐

黑天
逼视贫寒的张生
突然一位姑娘出现
笑着给他一个元宝

他笑在心里
做着美梦

早晨才发现
一只丑狐
躺在他的身边

1997 年 2 月 16 日

第六辑

诗与论

诗歌人生四十年

我记得小学五年级开始写日记，在 1977 年 1 月 22 日突然想起用诗的形式记录生活，虽然算不了是诗，但是这种孩童情结，让我一辈子摆脱不了诗。

我的第一首诗，有几句是这样写的："人啊！我可献身，我可伤身。人啊！只有在暴风雨中成长，绝不做温室中的弱苗"，这些简单句子离现在已经四十年了，我断断续续写了一千多首。

这些诗可分四个方面：

（一）初潮期：1977 年至 1988 年，只有诗歌形式。如《醒》（13 岁）："出世活着大窘，我神突然暴起。我心突然醒悟，我起身重抖擞。"《春节》（14 岁）："春节天上欢，人间无一晴，天上出水龙，地上出水池。"

（二）口语期：1989 年至 1994 年，无任何修饰，一泻千里，一分钟写作。如《神弓》："神弓猛地张大，向乌黑的银河，向满是星星的银河，射出万支绿色神箭，像几万条绿色的巨龙，飞向星空，只见万颗银珠，向大地撒去，嵌入我的心里。"《圈》："吹给您一个梦，绿色的圈，红色的花，青色的草，一个跳跳蹦蹦的龙，吐出透明的泡，缀成一个个美丽的圈，套住幸运的人儿。"

（三）进步期：1995 年至 2000 年，有一定的内涵，但还没有摆脱幼稚。如《情人和死神》："我的情人，喜欢地狱的宫殿，那里是她的归宿。死神听见梦中的呼声，打扮成英俊的小伙子，在她经过的地方，撒下勾魂的花朵。终于在一个晚上，姑娘倒在死神的怀中，深吻他的黑唇，享受死的快乐。地狱的恐怖，带来了刺激的游戏，不再依附自身肉体，完全自由逍遥，没有重量，没有负担，一切都是轻轻的。死神特别兴奋，因为有了自己的知音，情人特别兴奋，因为有了自己的伴侣。"《浴女》："皮肤像山崖上的泉水流动，裸体的鲜美被黑发覆盖，像水中的一条肥大银蛇，一显一显。星星骨头镶嵌天空，唯有水之声，把沉睡的森林，从甜梦中吵醒，瞧了一世。月亮从云中钻出，拿起银针，把浴女的线条，从身体上挑出，从今往后，天上的乌云，被满脸春风的月牙儿，赶走了。地上的汉子，天天漫步草丛，凝视银色的月光。多少年月，人们还能记得，这里曾经是美女的池塘。"

（四）提高期：2001 年至今，有一定的提高，语言和内容比以前更上一层楼。如《水墨梯田——游江西婺源有感》："秋天的篁岭 / 是婺源最美的乡村 // 青山绿水 / 是民居的风景 / 我是其中的点缀 / 逃脱喧嚣、皈依田园 / 觅得秋的晨曦和泥草清香 // 每个高低不平的小街 / 太像水墨丹青的画卷 霜红枫与粉墙黑瓦 / 触动着我的一份安宁 // 独自漫步 / 在千百年来还完整无缺的古道 // 更让我明白了 / 水墨梯田一层一层递进。"《观海楼——游崇明东滩湿地公园有感》："东滩的栈道 / 蜿蜒流向远处 / 在高高的芦苇丛中隐没 // 踩在栈道上的声音 / 惊起了三只野鸟 / 一片枯黄争着观察 // 登楼观海 / 倏然的飞鸟 / 静水微澜的河沟 // 我在楼里、你在楼外 / 一个画里、一个画外 // 广阔而秀美 / 孤立而张望 // 是观海楼 / 让我拥吻苇和水。"

总之，四十年来，我的诗歌一路走来酸甜苦辣，但我也留下了三本诗集，一本自编：《初潮》，另二本正式出版：《神弓》《海上风》（与人合集），同时在 1985 年手写主编《彩虹报》，1996 年主编《中国跨世纪文学报》，2016 年又总编诗刊《海派诗人》。其中有痛苦和快乐，但更多的是辛苦，总有一天老天不负坚持不懈的人，让我不虚此生。

2017 年 1 月 20 日

民间诗刊对新诗的担当

作为民间诗刊的负责人，更有义务引导新诗向真正的诗发展。

目前诗坛乱象迭起，需要有责任心的民间诗社社长和诗刊主编带一个头，在自己的范围内推广正确的主张，为写诗人辅一条通向未来之路。

首先，要更广泛吸引优秀诗人在民间诗刊上发表诗作，建立诗歌模范园地，树立旗帜。

其次，刊登具有引领作用的诗歌。

第三，组织各种研讨会，讨论当今诗坛现状，指明方向。

第四，走出去看看世界。通过采风活动，感受大自然对世界的雕塑。

第五，培养一批真正的诗人，在诗坛起到一定的影响。

第六，举办各大民间诗社的交流活动，这对促进诗歌的看法形成共同性有一定作用。

这六个方面，首先我要谈的是怎样尽可能刊登诗评及诗歌理论文章，这是示范作用，能吸引写诗者、理论家，引导诗人创作方向。

目前没有系统的诗歌理论，只有对某一方面的阐述，这样很难推动诗歌向更高层次提高。

这方面我已经在努力去做，在每期诗刊上开辟诗歌理论文章，让更多诗人从中得到启发，创作更优秀的诗歌。

这次我主办的研讨会的文章选了一部分予以刊登，目的就是要诗友们积极参与、主动发言，促进诗歌理论的繁荣。

不仅如此，而且要刊登优秀诗人的作品及点评，吸引更多诗人加入，鼓励、促进诗人们发表好诗，同时也起到了引路作用。

以后我的诗刊也要刊登优秀诗作和点评，以及读者互动，这有利于作者、评论者、读者之交流，让诗写得更佳。

我们还要组织各种研讨会，通过讨论，明辨诗歌为何物，让作者主动地写作。

比如这次我主办的"中国现代诗现状和发展趋势"，就是让作者谈谈对诗歌的现状和未来的认识，也一样引起别人的关注和议论。这很正常，只有不同的意见，诗歌才会向前发展。

这次和城市诗人社合作开研讨会也是让写诗者从不同角度认识现代诗歌，推动民间诗社为新诗发展做一滴水的贡献。

更吸引人的是出去走走，看看世界，不做井底之蛙。通过对大自然的感受领悟天、地、人之间的关系和禅意，让我们身心得到充分的满足，写出合乎自然规律的好诗。

上海海派诗人社成立至今一共举办了三次采风活动，从开始的 20 人到后来的 33 人，从开始的两天到后来的六天，都是一个不小的进步。

通过采风活动让一些诗人写出了好诗，有些诗人在原来基础上也有所提高。

通过一些活动培养一批真正的诗人，发现有潜力的诗人，应该积极培养，积极引导，创造条件予以推出，这是功德无量的事。

我们诗社积极参与上海市的各种比赛，目的是让大家了解、熟悉这些诗人，慢慢走出来，让别人接受这些诗，有利于鼓励作者诗歌创作。

　　同时要加强和各大民间诗社的联系，共同主办各种诗歌活动，在过程中寻找共同点，推动诗歌向正确的轨道前进！我通过七大民间诗社的联盟，加强了诗社之间的合作，共同推出自己、共同推出好诗。

　　总之，作为诗刊负责人，更应该全局考虑，把握方向，共同推动诗歌向新的高峰前进！前进！

2017 年 7 月 22 日

新城市人的乡愁
—— 浅评王晓波"另一种乡愁专辑"

新城市人对自己家乡的回忆，一个个片段让读者如临此景。

如《家乡》："家乡地瘦水缺"，《新月》："离城返乡的前夜 / 抱着才满周岁的孙儿"，《心雨》："千年干渴的家乡 / 滴水贵如油"。

用叙述给人一种亲近感，朴素而感人，看似简单却让人回味，这是城市诗中出现的乡愁，是大多数新城市诗人所写的一类诗。你说它不是城市诗也对，毕竟它描写的是农村，没有城市的气息，但它却是生活在城市、上班在城市的一群城市人，我们喜欢称为新城市人，他们的诗是城市里边的乡土诗。

只有离开农村才能有深深的思念，这是城市诗出现的新现象。很多人住在城市却回忆农村，享受城市带来的方便而内心离不开土地、星空，还是一个没有断奶的孩子。

如《守望幸福》："蔚蓝的苍穹下 / 小草野花接连天地"，《遥远的美丽》："芦苇茫茫，秋意迷离"，《狮子座流星雨》："祈盼 / 星空下 / 你我的心愿一样"，《凌晨的雪乡》："大雪在旷野飞驰呼啸"。

由于农村诗人进入城市，城市诗发生了根本的变化，不再是水泥和马路，不再是地铁和公交，出现了回忆农村、歌颂农村，也出现了乡愁诗，让我们看到了新的城市诗。王晓波就是其中的代表。

　　如《给母亲》："当年生病的妈妈 / 躺在奶奶的怀里"，《问月》："回到故里回到父母身旁 / 我问星星、问月亮"，《千年的月光》："月到中秋，诗歌带我回家"，《南行车流》："南行的汽车驶向父亲的村庄"，《上弦月》："半空弯月似刀断我相思"，《另一种乡愁》："秋风吹不老的思念 / 树和云难遮断的乡路"。

　　这些诗都带着乡愁，通过对妈妈、对父亲等人的回忆，来寄托自己的思念，是新城市人的另一种乡愁，也应该是城市诗的一部分，是新时代出现的新诗，让我们感受到了城市的变化，感受到了农民对城市的贡献，以及付出的代价，同时丰富了城市诗的广度，让我们看到了崭新的城市诗。

2018 年 2 月 2 日

死亡隧道——诗歌

诗歌已进入死亡隧道，只要想写，人人都是诗人，任何方面都可以描写：下半身、垃圾等等，只要能叙述，想写什么就什么，已快要成为微型散文了。

唉！写诗的人比看诗的人还要多，末日是必然的。

你想：诗会和叙事一样，讲那一个个故事，还不完整，断断续续，这是诗？

你想：既然像散文，何必要诗，还不如死了好！还有人纪念你，像海子。

你想：诗歌是文学的峰巅，现在已成山腰，还半死不活。

你想：诗人不看诗，也不研究诗是何物，胡乱涂鸦，还兴高采烈、沾沾自喜，这是何等的伟业。

你想：全国每天发表诗有几万首（包括网络），人人都是李白？传下去的能有几首？还有略微写得好的瞧不起别人，其实是五十步笑百步而已，百年后还有你的诗吗？

你想：诗歌已无路可走了，只有凤凰涅槃才有希望，死亡是必须的，现在看来已奄奄一息了，让它死吧！痛痛快快地死！来生创造新的辉煌！

你想：精炼的诗变成唠唠叨叨的文、精炼的诗变成了粗糙的木棍子，精炼的诗变成了说着梦话乱七八糟。

你想：诗歌已是某些人炫耀的工具，悲愤出诗人还有几个？

你想：诗歌已成大海，敢下海横渡大洋彼岸能有几人？

你想：诗歌是孤独的人儿在森林里独唱，无需成千上万的人陪伴。

你想：浩瀚的宇宙难道会有如此这般人在歌唱？

你想：我们的内心深处真的会认为诗歌就这般吗？

你想：世上从来没有救世主，只有靠自己。

唉！诗人们团结起来吧！让死亡隧道成为再生，让我们好好地静下心来，思考诗歌的出路、思考诗歌新的起点。

诗歌究竟是什么？它是用高度凝练的语言，形象表达作者丰富情感，集中反映社会生活并具有一定节奏和韵律的文学体裁。

只要沿着诗歌之路才不会偏离轴心，让我们一起捍卫诗歌的纯洁性，让每个写诗人成为自觉的清道夫！

2017 年 1 月 29 日

微散文也

散文诗，既没有节奏，又没有韵律，更谈不上诗歌的语言，它只有散文的语言。

差的散文诗，像一篇中学生写的记叙文；好的散文诗，还像微型散文，即微散文。

微散文具备散文的一切特点，如散文的立意、构思、描写、语言等，而没有诗歌的节奏、韵律、通感等与众不同的区别。

散文诗，微散文也，假如你不信，可跟散文比较一下，会豁然开朗。诗歌最主要的是独特性，散文诗有吗？只有千篇一律的抒情、描写，瞧一下不难发现，它有节奏吗？它有韵律吗？我的回答是没有，可怜！只存在精瘦的散文了，还把诗歌带坏了，还美之称诗的散文化，这样下去，诗歌没有了，散文一统天下。

散文诗，没有语言的跳跃性，它平铺直叙，一看就懂，而诗歌就不同了，它可以跳跃，非常大的飞跃，有时候让你苦苦思索才弄明白。

散文诗，也不存在留白，它描写或叙述都非常清楚，除语言优美一点，其他看不出有什么高超。

散文诗，也不用通感，只有诗歌才经常露面，它是诗歌最常用，而且我们能理解的一种感受。

散文诗，不能让人云里雾里，诗歌就可朦胧，让你猜上半天。

由此散文诗的高手，不一定写好诗，诗人也写不好散文诗，因为两者不是同一类，所以，散文诗，微散文也。

2016 年 4 月 27 日

诗话三则

诗的个性

诗人的生命在于诗歌的独创性，每首诗歌在意境、语言、音韵上都与众不同，它花尽了诗人的心、血、泪，它是作者成为诗人的依据，它是成为风格的可能，它是流传后世的基础，它是读者了解其人的眼睛，它是诗人毕生追求的目标。

1995 年 9 月 2 日

诗的身材

一首好诗，大致具备几个方面：丰富的内涵，含蓄的语言，和谐的韵律，神奇的意境，奇特的形象，独特的风格，绝妙的象征。

只有丰富的内涵，才会使读者细细品尝；只有含蓄的语言，才会使读者默默沉思；只有和谐的韵律，才会使读者高声朗诵；只有神奇的意境，才会使读者拍手称好；只有奇特的形象，才会使读者举手称奇；只有独特的风格，才会使读者印象深刻；只有绝妙的象征，才会使读者豁然开朗。

1994 年 5 月 20 日

诗的感想

刹那间，一首神奇的诗从诗人的心中流出来，它是诗人情感的自然流露，是诗人对生活的感受寓意化的反映。

诗歌往往带有意象，这样，成为能够包罗万象的神袋，成为能够心灵互通的桥梁。

诗歌又具有与真实的空间不同的空间，它是想象的空间，是作者创造出来的空间，它暗示某种意义。

诗歌带着诗人的理想飞越大地山水，飞越深深的海洋，飞越蔚蓝的天空，直至浩瀚的宇宙。

诗歌又是一幅心灵的图画，是不可捉摸、不可言喻的心灵的火花。

你要抓住它，就要潜泳在其中，与它融合为一，成为诗歌中的意象。

1996 年 9 月 10 日

附一　傅明诗文发表年表

1986年3月25日《闪光》刊于《学习同进报》（第3期）

1986年4月15日《我，爱你》刊于《彩虹报》（第4期）

1986年5月9日《船》刊于《彩虹报》（第5期）

1987年8月30日《你没有吗？》刊于《彩虹报》（第6期）

1992年10月《飘飘的淡红线》《锁》二首刊于《孤篷》双月刊（第7期）

1993年3月《开始》《千岛湖》二首刊于河北《青年诗报》（第1期）

1993年8月《灵魂与诗》刊于湖南《芳草园》（总第4期）

1993年10月《理智的灵魂》《诗话》二首刊于湖南《青少年诗报》（总第18期）

1993年11月《梦》刊于湖南《芳草园》（总第7期）

1994年5月《纯情少女》刊于内蒙古《文化信息报》（第35期）

1995年6月《同一梦境》刊于湖北《明天》（第9期）

1996年8月《峨眉山顶》《青青嫩草》二首刊于香港《当代诗坛》（第一号）

1996年11月《情人和死神》《诗的创作》《深爱荒野的女鬼》三首刊于《中国跨世纪文学报》（第1期）

1996年12月《冲洗灵魂》《青青的嫩草》二首刊于《水仙花》（总第26期）

1996年12月《心的影子》刊于江苏《同志》（总第4期）

1997年4月30日《我和丑鬼女》《恶鬼的痴情》《鬼诗人办报》《清晰的心灵》《玫瑰节》《寻找鬼中的情郎》《粉碎的星球》《窗内与窗外》八首刊于《中国

跨世纪文学报》（总第2期）

1997年5月《东方开始亮了》刊于《宇宙诗报》（第6期）

1998年2月27日《神弓》《圈》《宇宙消失了》《少女》四首刊于《大隆工人》（总第524期）

1998年5月《女鬼为王》《爱情屋》《紫罗兰》《星与星》《酒发》《女鬼的爱情》《光的善恶》《岛屿》八首刊于《中国跨世纪文学报》（总第3期）

1998年5月18日《珍珠的梦》《我在月亮上》《太阳下》《太阳的脚印》《山路的终点》《梦》《躺在月亮上》《灯》八首刊于《城市诗人》（第23、24期合刊）

1998年9月《一堆堆白骨》《相思水》《水中一滴》《从冬眠的联想》《梦君的故事》五首刊于《中国跨世纪文学报》（总第4期）

1999年2月《情人和死神》刊于《汇角文学报》（总第14期）

1999年12月《画家的风景——游江西三清山》刊于《中国跨世纪文学报》（总第5期）

2000年8月26日《爱情屋》《光的善恶》《女鬼的爱情》《紫罗兰》《浴女》五首刊于《城市诗人》（第27期）

2000年9月18日《紫罗兰》《苏州西山桃花岛偶感》二首刊于《市政建设报》（第380期）

2001年5月《梦君的故事》《女鬼为王》《紫罗兰》三首刊于《新城市》（总第2期）

2001年12月15日《街景》刊于《城市诗人》（第29期）

2005年6月《秋雨与灯光》《云——游江西三清山》二首刊于《海上风》（总第1期）

2006年1月《一棵柳树》刊于《海上风》（总第3期）

2006年2月28日《卵石的节奏》刊于《四海一家》（总第1期）

2006年2月《一棵柳树》刊于黑龙江《燕赵诗刊》（总第3、第4期合刊）

2006年4月《真正的恋人》《城市角落》《浴女》《神女峰的命运》《工会主席——我父亲》《秋海棠》《海上景观》七首刊于《海上风》（总第4期）

2006年5月15日《张开的贝壳——献给"五一"国际劳动节》刊于《四海一家》（总第2期）

2006年8月1日《一棵柳树》刊于《上海诗人》（第13期）

2006年11月10日《柳树》《紫罗兰》二首刊于《中医药报》（总第738期）

2006年12月《父亲》刊于《海上风》（总第7期）

2007年6月《已毁的墓地》《夜上华山》《秋雨与灯光》《风信子的另一头》《叮咚》《灰色的布伞》六首刊于《海上风》（二周年特刊）

2007年6月《叮咚》刊于台湾《海鸥诗刊》（第36期）

2007年11月15日《父亲》刊于《医械股份》（总第131期）

2008年5月《一棵柳树》刊于《飓风文学》（总第1期）

2008年10月18日《拳头》刊于《春满东方》（试刊）

2009年4月10日《壁》刊于《春满东方》（创刊号）

2009年7月《诞生》《搬场后的乐趣》二首刊于《海上风》（总第13期）

2010年2月8日《新地方和新玩具》刊于《海上风》（总第14期）

2013年1月1日《雨之亭》刊于《浦江诗荟》（创刊号）

2013年12月《父亲》刊于《诗乡顾村》（总第2期）

2013年12月《灰色的布伞》刊于《浦江诗荟》诗刊（总第1期）

2014年1月《乡下男子》刊于《浦江诗荟》（总第2期）

2014年2月《梦君的故事》刊于《海上风》诗刊（总第1期）

2014年11月《人生》刊于《杨浦文艺》（总第15期）

2014年12月15日《柳树》《住院》二首刊于《和谐家园》（总37期）

2015年6月《假如我死了——致汪国真》刊于《诗乡顾村》（总第8期）

2015年7月15日《叮咚》刊于《和谐家园》（总第44期）

2015年9月《仙境》刊于《诗乡顾村》（总第9期）

2015年10月《无题》刊于《杨树浦文艺》

2015年12月《樱花的一生》《冰雹的眼泪》《蜗牛的登山》《让海风吹拂妈妈的脸》四首刊于《海上风》诗刊（总第3期）

2016年5月《屈原约我》《长堤——游浙江南北湖有感》二首刊于《泰和诗苑》（总第41期）

2016年9月《风景，留下了一双脚印——致诗人曲传久》刊于《诗乡顾村》（总第13期）

2016年10月《漫步桃源村——游穿岩十九峰有感》《月圆的时候——陪女儿吊盐水》《水泥墙》《留在人间的故事——致诗人王成荣》四首刊于《海派诗人》（总第1期）

2016年10月《夏夜，仰望星空》刊于《长衫诗人》（总第2期）

2017年3月《穿越了宋代的石笋里——游上海新场古镇有感》刊于《浦东诗廊》（第2期）

2017年3月《观海楼——游崇明东滩湿地公园有感》刊于《诗乡顾村》（总第15期）

2017年6月《杨娥桥——顾村镇广福村采风有感》《湖上》《我坐在云端——游浙江磐安有感》三首刊于《碧柯诗词》（第81期）

2017年6月《模特儿》刊于《城市诗人》（2017年夏季刊）

2017年6月《杨娥桥——顾村镇广福村采风有感》刊于《诗乡顾村》（总第16期）

2017年9月《海盗风情》《情人河》二首刊于《新声诗刊》（第65期）

2017年9月《滴水湾泡温泉》《仰天大佛》二首刊于《诗乡顾村》（总第17期）

2017年10月《我要嫁给野人》《金顶的古建筑》《仰天大佛》《蝴蝶》《诗人石钟乳》五首刊于《海派诗人》（总第2期）

2017年11月18日《世界微型了》刊于《上海外滩》（总第25期）

2017年12月《悟道》刊于《诗乡顾村》（总第18期）

2018年3月《幸福的微笑》刊于《诗乡顾村》（总第19期）

2018年6月《新场古镇的老屋》刊于《诗乡顾村》（总第20期）

2018年10月《幸福的微笑》《悟道》《竹海》《蝴蝶梦》《龙吟》五首刊于《海派诗人》（第3期）

2018年10月《草原上的越野车》刊于《金桥诗页》（第1期）

2019年1月《崖顶》刊于《金秋文学》（总第59期）

2019年2月15日《穿越白色的云》刊于《城市诗人》（2019年卷）

2019年3月《雷峰塔》《乌镇的小桥》二首刊于《泰和诗苑》（总第52期）

2019年4月《黄河之情》（组诗）刊于《浦东诗人》（总第3期）

2019年5月《广福老卢宅》刊于《上海外滩》（总第43期）

2019年10月《广福老卢宅》刊于《浦江文学》（总第11期）

2019年10月《柳毅井》《青海湖水》《金山嘴老街》三首刊于《海派诗人》
（第4期）

2020年8月《斜桥》刊于《长江诗歌》（总第204期）

2020年10月《广福老卢宅》刊于《城市诗人》（2020年卷）

2021年6月《东方红》《棋手》二首刊于《诗乡顾村》（总第32期）

2021年7月《东方红》《棋手》二首刊于《浦江文学》（总第18卷）

2021年9月《黄花溪的窗帘》《天池峰》二首刊于《诗乡顾村》（总第33期）

2021年10月《闸北电厂》刊于《出海口文学》（第5期特辑）

2022年2月《黄渤分界线》《黄花溪的窗帘》《最高的泉水》《怪石的灵魂》
《天池峰》《真想做一回女人》《仙佛山的传奇》七首刊于《出海口文学》（第
6期专辑）

2022年3月《真假月亮》《梅峰岛》刊于《诗乡顾村》（总第35期）

2022年9月《上海团长》《奔赴战场》《送别》《太极图》《春天新唱》五首刊
于《诗乡顾村》（总第37期）

2022年11月《彩虹桥》刊于《ACC上海惠风国际文学》第1期

2022年12月《孙膑书院》《石棚山》《鸡鸣岛》三首刊于《诗乡顾村》（总第
38期）

2023年1月《彩虹桥》《真假月亮》《仙佛山的传奇》三首刊于《闵行诗人》
（第6辑）

2023年9月《月牙泉》《站在沂山峰巅》《泰安西湖》三首刊于《诗乡顾村》
（总第41期）

2024年2月《龙年新唱》刊于《上海诗书画》（总第52期）

1996年11月《诗的感想》（诗论）刊于《中国跨世纪文学报》（创刊号）

1997年4月30日《傅明文学历程档案（一）》刊于《中国跨世纪文学报》（总第2期）

1997年4月30日《灰姑娘的痴情》（长篇小说连载一）刊于《中国跨世纪文学报》（总第2期）

1998年5月《灰姑娘的痴情》（长篇小说连载二）刊于《中国跨世纪文学报》（总第3期）

1998年9月《灰姑娘的痴情》（长篇小说连载三）刊于《中国跨世纪文学报》（总第4期）

2016年4月9日《民间文艺报刊的生存与发展》（论文）刊于《民间报刊与城市文化研讨会论文集》（社科院文研所编）

2016年《微散文也》（诗论）刊于《城市诗人》（2016年夏季版）

2017年6月15日《诗歌人生四十年——纪念写诗四十年》（散文）刊于《城市诗人》（2017年夏季刊）

2017年10月《死亡隧道——诗歌》（诗论）刊于《海派诗人》（总第2期）

2018年3月2日《民间诗刊对新诗的担当》（论文）刊于《城市诗人》（2018年卷）

2018年《新城市人的乡愁》（诗论）刊于《城市文学》（2018年试刊）

2019年2月15日《新城市人的乡愁》（诗论）刊于《城市诗人》（2019年卷）

附二　傅明作品编入诗文集年表

1992年8月《神弓》（诗）入选南粤新闻文化出版社《青春的脸》

1992年11月《太阳你来了》（诗）入选宁夏人民出版社《九三年文星诗历》

1993年8月《春夏秋冬》（诗）入选华龄出版社《当代微篇文学作品集萃（卷一）》

1994年12月《飘飘的淡红线》（诗）《傅明诗话》（诗话）入选山西高校联合出版社《中国现代诗发展与研究年鉴》

1994年12月《诗的身材》（诗论）入选山西联合高校出版社《中国现代诗发展与研究年鉴》

1995年2月《圈》（诗）入选中国文联出版公司《中华文学人才名录》

1995年6月《暖暖心田》（诗）入选大连出版社《当代微篇文学作品集萃（上）》

1998年8月《光的善恶》《魂与月亮》《冲洗灵魂》《我和丑鬼女》《丑雌狐》《情人和死神》《深爱荒野的女鬼》《寻找鬼中的情郎》等八首诗入选西南交通大学出版社《海上风》

2017年9月《我要嫁给野人》（诗）入选光明日报出版社《诗韵东方》

2018年11月《幸福的微笑》（诗）入选上海文艺出版社《中国当代城市诗典》

2020年3月《湖水的梦想》（诗）入选上海文艺出版社《放歌浦东》

附三 傅明部分获奖作品年表

1993年9月《俯视》（诗）在告别三峡全国锦绣河山征文大赛中荣获佳作奖，并入选《三峡潮》一书

1993年11月《前面没有路》（诗）在第一届中国现代诗发展奖大赛中荣获三等奖

1994年1月诗歌荣获"尧乡杯"诗文大奖赛优秀作品奖

1994年2月《春夏秋冬》在1994全国微篇文学作品大赛中荣获优秀奖

1994年7月《圈》由中国作协创研部主办的第二届社会转型期中国文学创作研讨会上荣获三等奖

1995年5月诗歌在1994全国新世纪杯诗歌大奖赛中荣获三等奖

1995年6月《暖暖心田》在1995全国微篇文学作品大赛中荣获优秀奖

2003年11月诗歌荣获首届职工文化艺术节征文一等奖

2017年5月《湖水的梦想》（诗）在2017第三届上海市民诗歌节"初夏物语，美丽乡村——浦东书院田园诗会暨书院诗社成立仪式"诗歌创作中荣获优秀奖

2017年5月《樱花妹妹》在上海樱花节诗赛中荣获三等奖

2017年6月诗歌在百城百刊组委会主办的大赛中荣获上海赛区读者喜欢诗人奖

2019年11月诗歌荣获2019第五届上海市民诗歌节"礼赞新中国"赛诗会三等奖

2021年4月《棋手》（诗）在宝钢文联等主办的"建党100周年诗歌笔会"荣获三等奖

2021年6月诗歌在意大利达·芬奇艺术馆主办的"达·芬奇国际艺术奖"中荣获金奖

2021年9月《我党的军章》（诗）获诗歌节组委会、上海作协等主办的"庆祝建党100周年现场赛诗会"三等奖

2021年11月《岸》（诗）由周浦镇人民政府、浦东作协等主办的"第二届周浦杯诗歌征文大赛"中获入围奖

2021年11月《东方红》（诗）由浦江文学社等主办的比赛中获入围奖

2021年12月《闸北电厂》（诗）由《劳动报》、上海电力公司等主办的"百名作家看闸北电厂采风活动"中获入围奖

2023年5月诗歌在2023上海市民诗歌节青浦寻梦源现场赛诗会上荣获优秀奖

2023年6月《荷花与亭子》（诗）在"清风徐来，荷花正艳"2023顾村诗社诗歌大赛中荣获优秀奖

图书在版编目（CIP）数据

黄花溪的窗帘 / 傅明著 . -- 上海 ：文汇出版社，
2024．9．-- ISBN 978-7-5496-4334-9

Ⅰ．Ⅰ227

中国国家版本馆 CIP 数据核字第 2024V7T380 号

黄花溪的窗帘

著　　者 / 傅　明
摄　　影 / 傅　明
责任编辑 / 徐曙蕾
装帧设计 / 高静芳

出版发行 / **文匯**出版社
　　　　　上海市威海路 755 号
　　　　　（邮政编码 200041）
经　　销 / 全国新华书店
印刷装订 / 上海新文印刷厂有限公司
版　　次 / 2024 年 9 月第 1 版
印　　次 / 2024 年 9 月第 1 次印刷
开　　本 / 890×1240　1/32
字　　数 / 120 千
印　　张 / 6.25

ISBN 978-7-5496-4334-9
定　　价 / 38.00 元